KB074944

천 개의 아침

A Thousand Mornings: Poems by Mary Oliver

This Korean edition was published by MaumSanchaek in 2020 by arrangement with Estate of Mary Oliver d/b/a NW Orchard LLC c/o Charlotte Sheedy Literary Agency through KCC(Korea Copyright Center Inc.), Seoul.

천 개의 아침

메리 올리버

민승남 옮김

마음산책

천 개의 아침

1판 1쇄 발행 2020년 11월 25일
1판 8쇄 발행 2023년 6월 1일

지은이 | 메리 올리버
옮긴이 | 민승남
펴낸이 | 정은숙
펴낸곳 | 마음산책

편집 | 성혜현 · 박선우 · 김수경 · 나한비 · 이동근
디자인 | 최정윤 · 오세라 · 한우리
마케팅 | 권혁준 · 권지원 · 김은비
경영지원 | 박지혜

등록 | 2000년 7월 28일(제2000-000237호)
주소 | (우 04043) 서울시 마포구 잔다리로3안길 20
전화 | 대표 362-1452 편집 362-1451 팩스 | 362-1455
홈페이지 | www.maumsan.com
블로그 | blog.naver.com/maumsanchaek
트위터 | twitter.com/maumsanchaek
페이스북 | facebook.com/maumsan
인스타그램 | instagram.com/maumsanchaek
전자우편 | maum@maumsan.com

ISBN 978-89-6090-651-8 03840

* 책값은 뒤표지에 있습니다.

당신은 삶에 대해 당신의 똑똑한 말들로
그 의미를 숙고하고 곱씹으며 야단법석을 떨지만,
우린 그저 삶을 살아가지

그러니 오늘, 그리고 모든 서늘한 날들에
우리 쾌활하게 살아가야지

앤 테일러를 위하여

일러두기

1 이 책은 『A Thousand Mornings』(Penguin Press, 2012)를 우리말로 옮긴 것이다.
2 표지와 본문 사진은 원서에는 수록되지 않은 것으로, 사진가 이한구의 작품이다.
3 외국 인명과 지명, 작품명 및 독음은 외래어표기법을 따르되, 관용적인 표기와 동떨어진 경우 절충하여 실용적 표기를 따랐다.
4 작품명은 원어 제목을 독음대로 적거나 필요한 경우 우리말로 번역해 적었다.
5 원서에서 기울여 강조한 글씨는 고딕체로 표시했다.
6 편명은 「 」로, 책 제목은 『 』로 표기했다.

차례

내가 아직 살 수 있는 삶, 나는 그 삶을
살아야 하고, 내가 아직 할 수 있는 생각들,
나는 그 생각들을 해야만 한다.

-칼 구스타프 융, 『붉은 책The Red Book』

생각할 가치가 있는 것이라면
노래할 가치가 있다.

-밥 딜런, 『인터뷰 선집The Essential Interviews』

난 당신이 무엇을 믿건
무엇을 믿지 않건
당신을 설득할 생각은 없어.
그건 당신 일이니까.

I GO DOWN TO THE SHORE

I go down to the shore in the morning
and depending on the hour the waves
are rolling in or moving out,
and I say, oh, I am miserable,
what shall—
what should I do? And the sea says
in its lovely voice:
Excuse me, I have work to do.

나는 바닷가로 내려가

아침에 바닷가로 내려가면
시간에 따라 파도가
밀려들기도 하고 물러나기도 하지,
내가 하는 말, 아, 비참해,
어쩌지—
나 어쩌면 좋아? 그러면 바다가
그 사랑스러운 목소리로 하는 말,
미안하지만, 난 할 일이 있어.

I HAPPENED TO BE STANDING

I don't know where prayers go,

or what they do.

Do cats pray, while they sleep

half-asleep in the sun?

Does the opossum pray as it

crosses the street?

The sunflowers? The old black oak

growing older every year?

I know I can walk through the world,

along the shore or under the trees,

with my mind filled with things

of little importance, in full

self-attendance. A condition I can't really

call being alive.

Is a prayer a gift, or a petition,

or does it matter?

The sunflowers blaze, maybe that's their way.

마침 거기 서 있다가

기도가 어디로 가는지,

무얼 하는지, 나는 몰라.

고양이는 햇살 속에서 토막잠 자면서

기도할까?

주머니쥐는 길을 건너면서

기도할까?

해바라기는? 해마다 늙어가는

떡갈나무 고목은?

내 마음 중요하지 않은 일들로 가득 차서

나에게만 집중하며

세상을 걸어 다닐 수 있다는 걸

바닷가를, 나무들 아래를 걸을 수 있다는 걸

난 알아. 그건 내가 진실로 살아 있다고

부를 수 없는 상태지.

기도는 선물일까, 아니면 간청일까,

아니, 그게 중요할까?

해바라기는 눈부시게 빛나, 어쩌면 그게 그들의 방식이겠지.

Maybe the cats are sound asleep. Maybe not.

While I was thinking this I happened to be standing
just outside my door, with my notebook open,
which is the way I begin every morning.
Then a wren in the privet began to sing.
He was positively drenched in enthusiasm,
I don't know why. And yet, why not.
I wouldn't persuade you from whatever you believe
or whatever you don't. That's your business.
But I thought, of the wren's singing, what could this be
        if it isn't a prayer?
So I just listened, my pen in the air.

어쩌면 고양이는 곤히 잠드는지도 몰라. 아닐 수도 있고.

그런 생각을 하다가 마침 문밖에 서 있게 되었지,
공책을 펴 들고서,
그렇게 난 매일 아침을 시작해.
그때 굴뚝새가 쥐똥나무에서 노래하기 시작했어.
굴뚝새는 열정에 흠뻑 젖어 있었고,
그 이유는 나도 몰라. 그렇지만 안 될 것도 없지.
난 당신이 무엇을 믿건 무엇을 믿지 않건
당신을 설득할 생각은 없어. 그건 당신 일이니까.
하지만 난 굴뚝새의 노래를 들으며 생각했지,
　　　이게 기도가 아니면 무엇일 수 있을까?
그래서 펜을 들고, 잠자코 그 노래를 들었지.

FOOLISHNESS? NO, IT'S NOT

Sometimes I spend all day trying to count
the leaves on a single tree. To do this I
have to climb branch by branch and
write down the numbers in a little book.
So I suppose, from their point of view,
it's reasonable that my friends say: what
foolishness! She's got her head in the clouds
again.

But it's not. Of course I have to give up,
but by then I'm half crazy with the wonder
of it—the abundance of the leaves, the
quietness of the branches, the hopelessness
of my effort. And I am in that delicious
and important place, roaring with laughter,
full of earth-praise.

어리석다고? 아니, 그렇지 않아

가끔 나는 나무 한 그루의 잎들을 세느라 종일을 보내지. 그러기 위해선 가지마다 기어올라 공책에 숫자를 적어야 해. 그러니 내 친구들 관점에서는 이런 말을 할 만도 해. 어리석기도 하지! 또 구름에 머리를 처박고 있네.

하지만 그렇지 않아. 물론 언젠가는 포기를 하게 되지만 그때쯤이면 경이감에 반쯤은 미쳐버리지—무수한 잎들, 고요한 나뭇가지들, 나의 가망 없는 노력. 그 달콤하고 중요한 곳에서 나, 세상-찬양 충만한 큰 웃음 터뜨리지.

THE GARDENER

Have I lived enough?

Have I loved enough?

Have I considered Right Action enough, have I

come to any conclusion?

Have I experienced happiness with sufficient gratitude?

Have I endured loneliness with grace?

I say this, or perhaps I'm just thinking it.

Actually, I probably think too much.

Then I step out into the garden,

where the gardener, who is said to be a simple man,

is tending his children, the roses.

정원사

나는 충분히 살았을까?
나는 충분히 사랑했을까?
올바른 행동에 대해 충분히 고심한 후에
　　결론에 이르렀을까?
나는 충분히 감사하며 행복을 누렸을까?
나는 우아하게 고독을 견뎠을까?

나는 그런 말을 해, 아니 어쩌면
그냥 생각만 하고 있는 건지도 모르지.
　　사실, 난 생각이 너무 많은 것 같아.

그러곤 정원으로 걸어 들어가지,
단순한 사람이라는 말을 듣는 정원사가
　　그의 자식들인 장미를 돌보고 있는.

AFTER I FALL DOWN THE STAIRS AT THE GOLDEN TEMPLE

For a while I could not remember some word

I was in need of,

and I was bereaved and said: where are you,

beloved friend?

황금사원 계단에서 굴러떨어진 후에

한동안 내게 필요한 말이
　　기억나질 않았어,
나는 실의에 빠져서 말했지. 소중한 친구,
　　너 어디 있니?

IF I WERE

There are lots of ways to dance and
to spin, sometimes it just starts my
feet first then my entire body, I am
spinning no one can see it but it is
happening. I am so glad to be alive,
I am so glad to be loving and loved.
Even if I were close to the finish,
even if I were at my final breath, I
would be here to take a stand, bereft
of such astonishments, but for them.

If I were a Sufi for sure I would be
one of the spinning kind.

만약에 내가

춤추고 도는 방법은 많지, 가끔은 내 발이 먼저 움직이고 몸 전체 따라가, 나는 돌고 있는데 아무도 그걸 볼 수 없지만 그래도 그 일은 일어나고 있지. 살아 있다는 것이 참으로 기뻐, 사랑하고 사랑받는 것이 참으로 기뻐. 나는 삶의 끝에 가까워서도, 마지막 숨을 쉬면서도, 그런 경이들을 잃은 후에도, 여기에서, 그것들을 위한 자세를 취할 거야.

만약에 내가 수피교도라면 분명 돌고 돌고 도는 수피춤을 추고 있겠지.

GOOD-BYE FOX

He was lying under a tree, licking up the shade.

Hello again, Fox, I said.

And hello to you too, said Fox, looking up and
not bounding away.

You're not running away? I said.

Well, I've heard of your conversation about us. News
travels even among foxes, as you might know or not know.

What conversation do you mean?

Some lady said to you, "The hunt is good for the fox."
And you said, "Which fox?"

잘 가렴, 여우야

그는 나무 아래 누워, 그늘을 핥고 있었어.

안녕 또 만났네, 여우, 내가 말했어.

당신도 안녕, 여우가 말했어, 나를 올려다보며
달아나지 않고서.

넌 달아나지 않니? 내가 물었어.

그건, 당신이 우리에 대해 하는 말을 들었거든.
여우들에게도 소식이 돌아, 당신이 아는지 모르겠지만.

무슨 말을 들었다는 거지?

한 여자가 당신에게 말했지. “사냥은 여우에게 좋은 거예요.”
그러자 당신이 물었지. “어느 여우요?”

Yes, I remember. She was huffed.

So you're okay in my book.

Your book! That was in my book, that's the difference
between us.

Yes, I agree. You fuss over life with your clever
words, mulling and chewing on its meaning, while
we just live it.

Oh!

Could anyone figure it out, to a finality? So
why spend so much time trying. You fuss, we live.

And he stood, slowly, for he was old now, and
ambled away.

그래, 기억나. 그 여자는 발끈했지.

그러니 당신은 괜찮다고 내 책에 나와 있어.

네 책! 그건 내 책에 있었어, 그게 우리의
다른 점이지.

그래, 맞아. 당신은 삶에 대해 당신의 똑똑한 말들로
그 의미를 숙고하고 곱씹으며 야단법석을 떨지만,
우린 그저 삶을 살아가지.

아!

궁극적으로 삶의 의미를 알아낼 수 있는 존재가 있을까?
그런데 왜 그걸 알아내려고 그 많은 시간을 쓰는 건지.
당신은 야단법석을 떨고, 우린 살지.

그는 이제 늙은 몸이라 천천히 일어나서
어슬렁어슬렁 걸어갔어.

POEM OF THE ONE WORLD

This morning
the beautiful white heron
was floating along above the water

and then into the sky of this
the one world
we all belong to

where everything
sooner or later
is a part of everything else

which thought made me feel
for a little while
quite beautiful myself.

하나의 세계에 대한 시

오늘 아침
아름다운 백로 한 마리
물 위를 떠가다가

하늘로 날아갔지
우리 모두가 속한
하나의 세계

모든 것들이
언젠가는
다른 모든 것들의 일부가 되는 곳

그런 생각을 하니
잠시
나 자신이 무척 아름답게 느껴져.

AND BOB DYLAN TOO

"Anything worth thinking about is worth
singing about."

Which is why we have
songs of praise, songs of love, songs
of sorrow.

Songs to the gods, who have
so many names.

Songs the shepherds sing, on the
lonely mountains, while the sheep
are honoring the grass, by eating it.

The dance-songs of the bees, to tell
where the flowers, suddenly, in the
morning light, have opened.

그리고 밥 딜런도

“생각할 가치가 있는 것이라면
　　노래할 가치가 있다.”

그래서 우리에게
찬양의 노래, 사랑의 노래, 슬픔의 노래가
　　있는 거지.

너무도 많은 이름을 가진 신들에게 바치는
　　노래들.

쓸쓸한 산속에서, 양들이
　　풀을 먹는 행위로 풀에게 경의를 표하는 동안
　　　　목동이 부르는 노래.

아침의 빛 속에서, 별안간, 피어난
　　꽃들이 있는 곳을 알려주는
　　　　벌들의 춤-노래.

A chorus of many, shouting to heaven,

or at it, or pleading.

Or that greatest of love affairs, a violin

and a human body.

And a composer, maybe hundreds of years dead.

I think of Schubert, scribbling on a café

napkin.

Thank you, thank you.

하늘을 향해 호소하거나, 원망하거나, 간청하는
다수의 합창.

혹은, 바이올린과 인간의 몸이 벌이는
최고의 사랑놀음.

그리고 어쩌면 수백 년 전에 죽은 작곡가.

나는 카페 냅킨에 악보를 휘갈기는
슈베르트를 생각해.
고마워요, 고마워요.

잎이 난 다음엔 꽃이 폈어.

어떤 것들에겐

철이 아닌 때가 없지.

나도 그렇게 되기를 꿈꾸고 있어.

THREE THINGS TO REMEMBER

As long as you're dancing, you can
break the rules.
Sometimes breaking the rules is just
extending the rules.

Sometimes there are no rules.

세 가지를 기억해둬

춤을 추고 있을 때는,

　　규칙을 깨도 돼.

규칙을 깨는 게 가끔은

　　규칙을 확장하는 거지.

규칙이 없을 때도 가끔 있어.

HURRICANE

It didn't behave
like anything you had
ever imagined. The wind
tore at the trees, the rain
fell for days slant and hard.
The back of the hand
to everything. I watched
the trees bow and their leaves fall
and crawl back into the earth.
As though, that was that.
This was one hurricane
I lived through, the other one
was of a different sort, and
lasted longer. Then
I felt my own leaves giving up and
falling. *The back of the hand to*
everything. But listen now to what happened

허리케인

그 허리케인은 우리가 상상조차 하지 못했던
그런 것이었어. 바람이
나무들을 쥐어뜯고, 여러 날
비스듬한 빗줄기가 억수같이 쏟아졌지.
허리케인의 손등이 모든 것들을
후려쳤지. 나는 나무들이 휘고
잎들이 떨어져 다시
흙 속으로 돌아가는 걸 지켜봤어.
마치, 그것으로 끝이 난 것처럼.
그건 내가 겪은 하나의 허리케인이었고,
또 하나는 다른 종류의 허리케인으로,
더 오래갔지. 그때
나는 내 잎들이 포기하고
떨어지는 걸 느꼈어. 허리케인의 손등이
모든 것들을 후려쳤지. 하지만
진짜 나무들에게 무슨 일이
일어났는지 들어봐,

to the actual trees;

toward the end of that summer they

pushed new leaves from their stubbed limbs.

It was the wrong season, yes,

but they couldn't stop. They

looked like telephone poles and didn't

care. And after the leaves came

blossoms. For some things

there are no wrong seasons.

Which is what I dream of for me.

그 여름이 끝나갈 무렵
뭉툭한 가지들에서 새잎이 돋아났어.
철이 아니었지, 그래,
하지만 나무들은 멈출 수 없었지. 그들은
전신주처럼 보였지만
신경 쓰지 않았어. 그리고 잎이 난 다음엔
꽃이 폈어. 어떤 것들에겐
철이 아닌 때가 없지.
나도 그렇게 되기를 꿈꾸고 있어.

TODAY

Today I'm flying low and I'm
not saying a word.
I'm letting all the voodoos of ambition sleep.

The world goes on as it must,
the bees in the garden rumbling a little,
the fish leaping, the gnats getting eaten.
And so forth.

But I'm taking the day off.
Quiet as a feather.
I hardly move though really I'm traveling
a terrific distance.

Stillness. One of the doors
into the temple.

오늘

오늘 나는 낮게 날고 있어.
말 한마디 하지 않고
모든 야망의 주술을 잠재우고 있지.

세상은 갈 길을 가고 있어,
정원의 벌들은 조금 붕붕대고,
물고기는 뛰어오르고, 각다귀는 잡아먹히지.
기타 등등.

하지만 나는 오늘 하루 쉬고 있어.
깃털처럼 조용히.
나는 거의 움직이지 않지만 사실은 굉장히 멀리
여행하고 있지.

고요. 사원으로 들어가는
문들 가운데 하나.

THE FIRST TIME PERCY CAME BACK

The first time Percy came back
he was not sailing on a cloud.
He was loping along the sand as though
he had come a great way.
"Percy," I cried out, and reached to him—
those white curls—
but he was unreachable. As music
is present yet you can't touch it.
"Yes, it's all different," he said.
"You're going to be very surprised."
But I wasn't thinking of that. I only
wanted to hold him. "Listen," he said,
"I miss that too.
And now you'll be telling stories
of my coming back
and they won't be false, and they won't be true,
but they'll be real."

맨 처음 퍼시가 돌아왔을 때

퍼시는 맨 처음 돌아왔을 때
구름을 타고 오지 않았어.
모래 위를 천천히 달려오고 있었지, 마치
먼 길을 온 것처럼.
"퍼시," 나는 소리쳐 부르며, 그에게 다가갔어—
그 곱슬곱슬한 흰 털—
하지만 그에게 닿을 수가 없었어. 음악이
존재하지만 손으로 만질 수는 없는 것처럼.
"그래, 완전히 달라. 당신은 무척 놀라게 될걸."
그가 말했어.
하지만 나는 그 생각은 하지 않았어. 오직
그를 안고 싶은 마음뿐이었지. 그가 말했어,
"들어봐, 나도 그게 그리워.
이제 당신은 내가 돌아오는 것에 대한
이야기들을 하게 될 거고
그 이야기들은 거짓이 아니고, 진실도 아니겠지만,
진짜일 거야."

And then, as he used to, he said, "Let's go!"

And we walked down the beach together.

그러더니 예전에 그랬던 것처럼 이렇게 말했지, "가자!"
그리고 우린 함께 바닷가를 걸었어.

* 퍼시는 시인 퍼시 셸리의 이름을 딴 메리 올리버의 반려견으로 2009년 세상을 떠났다.—옮긴이

LINES WRITTEN IN THE DAYS OF GROWING DARKNESS

Every year we have been
witness to it: how the
world descends

into a rich mash, in order that
it may resume.
And therefore
who would cry out

to the petals on the ground
to stay,
knowing as we must,
how the vivacity of *what was* is married

to the vitality of *what will* be?
I don't say
it's easy, but

어둠이 짙어져가는 날들에 쓴 시

해마다 우리는 목격하지
세상이
다시 시작하기 위해

어떤 식으로
풍요로운 곤죽이 되어가는지.
그러니 그 누가
땅에 떨어진 꽃잎들에게

그대로 있으라
외치겠는가,
존재했던 것의 원기가
존재할 것의 생명력과 결합된다는

우리가 꼭 알아야 할 진실을 알면서.
그게 쉬운 일이라는 말은
아니야, 하지만

what else will do

if the love one claims to have for the world
be true?

So let us go on, cheerfully enough,
this and every crisping day,

though the sun be swinging east,
and the ponds be cold and black,
and the sweets of the year be doomed.

달리 무얼 할 수 있을까?

세상을 사랑한다는 우리의 주장이
진실이라면.

그러니 오늘, 그리고 모든 서늘한 날들에
우리 쾌활하게 살아가야지,

비록 해가 동쪽으로 돌고,
연못들이 검고 차갑게 변하고,
한 해의 즐거움들이 운명을 다한다 하여도.

BLAKE DYING

He lay
with the pearl of his life under the pillow.

Space shone, cool and silvery,
in the empty cupboards

while he heard in the distance, he said,
the angels singing.

Now and again his white wrists
rose a little above the white sheet.

When death is about to happen
does the body grow heavier, or lighter?

He felt himself growing heavier.
He felt himself growing lighter.

블레이크는 죽어가며

그는 누워 있었지,
삶의 진주를 베개 밑에 간직한 채.

빈 장롱들 속에서,
공간이 은빛으로 서늘하게 빛났지

그는 멀리서 천사들의 노래가
들린다고 말했지.

이따금 그의 흰 팔목이
흰 시트 위로 조금 올라왔지.

죽음이 찾아올 때
몸은 무거워질까, 아니면 가벼워질까?

그는 자신이 무거워져가는 걸 느꼈지.
그는 자신이 가벼워져가는 걸 느꼈지.

When a man says he hears angels singing

he hears angels singing.

When a man says he hears angels singing,

he hears angels singing.

어떤 사람이 천사들의 노래가 들린다고 말하면
그는 천사들의 노래를 듣는 거지.

어떤 사람이 천사들의 노래가 들린다고 말하면,
그는 천사들의 노래를 듣는 거지.

THE MOCKINGBIRD

All summer
the mockingbird
in his pearl-gray coat
and his white-windowed wings

flies
from the hedge to the top of the pine
and begins to sing, but it's neither
lilting nor lovely,

for he is the thief of other sounds—
whistles and truck brakes and dry hinges
plus all the songs
of other birds in his neighborhood;

mimicking and elaborating,
he sings with humor and bravado,

흉내지빠귀

여름내
날개에 흰 창문이 난
진주색 털옷 입은
흉내지빠귀

산울타리에서 소나무 꼭대기로
날아가
노래를 시작하지만, 그 노래
경쾌하지도 아름답지도 않네,

그는 다른 소리들의 도둑이니까
휘파람 소리, 트럭 브레이크 소리, 삐걱거리는 경첩 소리
그리고 동네에 사는 다른 새들의
모든 노랫소리.

그 소리들을 흉내 내고 다듬으며
유머와 허세로 노래하지,

so I have to wait a long time
for the softer voice of his own life

to come through. He begins
by giving up all his usual flutter
and settling down on the pine's forelock
then looking around

as though to make sure he's alone;
then he slaps each wing against his breast,
where his heart is,
and, copying nothing, begins

easing into it
as though it was not half so easy
as rollicking,
as though his subject now

was his true self,
which of course was as dark and secret
as anyone else's,
and it was too hard—

그래서 난 오랜 시간 기다려야 하네,
그 자신의 삶을 담은 더 부드러운 목소리가

나올 때까지. 먼저 평소의 퍼덕거림을
모두 멈추고
소나무 앞머리에 자리를 잡고서
혼자인 걸 확인이라도 하듯

주위를 둘러보고는
두 날개로 번갈아 가슴을
심장이 있는 곳을 치고,
아무것도 모방하지 않고,

천천히 노래하기 시작하지
마치 그게 까불거리는 것처럼
쉬운 일은 결코 아닌 듯,
마치 이제 그의 주제는

그의 진정한 자아인 듯,
물론 그건 누구나의 자아만큼
어둡고 은밀하지,
그리고 그건 너무 어려운 일이지

perhaps you understand—

to speak or to sing it

to anything or anyone

but the sky.

어쩌면 당신도 이해할 거야

하늘이 아닌

무언가에게, 혹은 누군가에게

그것에 대해 말하거나 노래하는 게 얼마나 어려운 일인지.

THE MOTH, THE MOUNTAINS, THE RIVERS

Who can guess the luna's sadness who lives so briefly? Who can guess the impatience of stone longing to be ground down, to be part again of something livelier? Who can imagine in what heaviness the rivers remember their original clarity?

Strange questions, yet I have spent worthwhile time with them. And I suggest them to you also, that your spirit grow in curiosity, that your life be richer than it is, that you bow to the earth as you feel how it actually is, that we—so clever, and ambitious, and selfish, and unrestrained— are only one design of the moving, the vivacious many.

나방, 산들, 강들

그토록 짧은 삶을 사는 누에나방의 슬픔을 그 누가 헤아릴 수 있을까? 어서 곱게 갈려 더 활기찬 무언가의 일부로 돌아가고 싶은 돌의 조급한 갈망을 그 누가 헤아릴 수 있을까? 강들이 얼마나 무거운 마음으로 맑은 근원을 기억하는지 그 누가 상상할 수 있을까?

이상한 질문들이지, 그래도 난 그 질문들과 가치 있는 시간을 보내왔어. 당신에게도 권하고 싶어, 당신의 정신은 호기심 안에서 자라니까, 당신의 삶이 더 풍부해질 테니까, 땅의 참모습을 보고 고개 숙이게 될 테니까, 그토록 영리하고, 야심만만하며, 이기적이고, 제멋대로인 우리는 움직이는, 생기 넘치는 많은 것들 가운데 하나일 뿐이니까.

A THOUSAND MORNINGS

All night my heart makes its way
however it can over the rough ground
of uncertainties, but only until night
meets and then is overwhelmed by
morning, the light deepening, the
wind easing and just waiting, as I
too wait (and when have I ever been
disappointed?) for redbird to sing.

천 개의 아침

밤새 내 마음 불확실의 거친 땅
아무리 돌아다녀도, 밤이 아침을
만나 무릎 꿇으면, 빛은 깊어지고
바람은 누그러져 기다림의 자세가
되고, 나 또한 홍관조의 노래
기다리지(기다림 끝에 실망한 적이 있
었나?).

AN OLD STORY

Sleep comes its little while. Then I wake
in the valley of midnight or three a.m.
to the first fragrances of spring

which is coming, all by itself, no matter what.
My heart says, what you thought you have you do not have.
My body says, will this pounding ever stop?

My heart says: there, there, be a good student.
My body says: let me up and out, I want to fondle
those soft white flowers, open in the night.

옛이야기

잠시 잠이 들어. 그러다 한밤의 계곡에서,
새벽 세 시에 잠이 깨지,
홀로, 어김없이, 찾아오는 봄의 첫 향기에.

내 마음이 말하지, 네가 가졌다고 생각했던 걸
  넌 갖지 않았어.
내 몸이 말하지, 과연 이 고통이 멈출까?

내 마음이 말하지, 자, 자, 착한 학생이 되어야지.
내 몸이 말하지, 일어나서 나가게 해줘, 난 밤에 피어난
저 보드라운 흰 꽃들을 어루만지고 싶어.

그리고 여기서 당신은
거의 매일 아침
너무도 가벼운 발걸음으로 너무도 태평하게
바닷가를 걷는 나를 발견하겠지.

HUM, HUM

1.

One summer afternoon I heard
a looming, mysterious hum
high in the air; then came something

like a small planet flying past—
something

not at all interested in me but on its own
way somewhere, all anointed with excitement:
bees, swarming,

not to be held back.

Nothing could hold them back.

붕, 붕

1.

어느 여름 오후에 높은 공중에서
어렴풋이 들려온
신비한 부웅 소리, 그다음엔

작은 행성 같은 것이 날아갔지—
무언가

나에겐 아무 관심도 없이 어딘가로 부지런히
가고 있었지, 흥분을 온몸에 들이붓고서,
떼 지은 벌들,

막을 수 없는.

누구도 그들을 막을 수 없었지.

2.

Gannets diving.

Black snake wrapped in a tree, our eyes

meeting.

The grass singing

as it sipped up the summer rain.

The owl in the darkness, that good darkness

under the stars.

The child that was myself, that kept running away

to the also running creek,

to colt's foot and trilliums,

to the effortless prattle of the birds.

3. SAID THE MOTHER

You are going to grow up

and in order for that to happen

I am going to have to grow old

and then I will die, and the blame

2.

자맥질하는 부비새들.
나무를 친친 감은 검정뱀, 우리는 눈이
마주쳤어.
풀은 여름비를 찔끔찔끔 마시며
노래했지.
올빼미는 어둠 속에, 별들 아래
그 멋진 어둠.

나 자신이었던 아이는 자꾸만 달아났지,
역시 달리고 있는 시냇물에게로,
관동화와 연령초에게로,
힘들이지 않고 지저귀는 새들에게로.

3. 어머니가 말했지

너는 자랄 거고
그렇게 되려면
나는 늙어야만 하고
그다음엔 죽을 거야, 그리고 그건

will be yours.

4. OF THE FATHER

He wanted a body

  so he took mine.

Some wounds never vanish.

Yet little by little

I learned to love my life.

Though sometimes I had to run hard—

  especially from melancholy—

not to be held back.

5.

I think there ought to be

  a little music here:

네 탓이 될 거야.

4. 아버지에 대하여

그는 몸을 원했고
　　그래서 내 몸을 가졌어.
어떤 상처는 영원히 사라지지 않지.

하지만 난 조금씩
내 삶을 사랑하는 법을 배웠어.

그래도 가끔 난 맹렬히 달아나야만 했지—
　　특히 우울로부터—

막을 수 없게.

5.

내 생각엔 여기
　　음악이 좀 있어야 할 것 같아.

hum, hum.

6.

The resurrection of the morning.

The mystery of the night.

The hummingbird's wings.

The excitement of thunder.

The rainbow in the waterfall.

Wild mustard, that rough blaze of the fields.

The mockingbird, replaying the songs of his
neighbors.

The bluebird with its unambitious warble
simple yet sufficient.

The shining fish. The beak of the crow.

The new colt who came to me and leaned
against the fence

that I might put my hands upon his warm body
and know no fear.

붕, 붕.

6.

아침의 부활.
밤의 신비.
벌새의 날개.
천둥의 흥분.
폭포의 무지개.
들갓, 들판의 그 거친 광휘.

이웃들의 노래를 재생하는
흉내지빠귀.
단순하지만 충분한, 야심 없는 지저귐을 가진
파랑새.

빛나는 물고기. 까마귀의 부리.
나에게로 와서 울타리에 기대어
내가 두려움 없이
그 따스한 몸에 손을 댈 수 있게 한
갓난 망아지.

Also the words of poets
a hundred or hundreds of years dead—
their words that would not be held back.

7.

Oh the house of denial has thick walls
and very small windows
and whoever lives there, little by little,
will turn to stone.

In those years I did everything I could do
and I did it in the dark—
I mean, without understanding.

I ran away.
I ran away again.
Then, again, I ran away.

They were awfully little, those bees,

그리고 백 년 전, 혹은 수백 년 전에 죽은
시인들의 말
그 말들은 막을 수가 없지.

7.

오, 거부의 집은 벽이 두껍고
창들이 아주 작으며
누구든 그곳에 사는 이는, 조금씩,
돌로 변해갈 거야.

그 시절에 나는 내가 할 수 있는 건 다 했어,
어둠 속에서 했지—
그러니까, 이해하지 못한 상태로.

나는 달아났어.
또 달아났어.
그리고 또 달아났어.

그 벌들, 몹시도 작았지,

and maybe frightened,

yet unstoppably they flew on, somewhere,

to live their life.

Hum, hum, hum.

어쩌면 겁에 질려 있었는지도 모르고,
하지만 그들은 막을 수 없게 날아갔지, 어딘가로,
그들의 삶을 살기 위해.

붕, 붕, 붕.

I HAVE DECIDED

I have decided to find myself a home in the mountains, somewhere high up where one learns to live peacefully in the cold and the silence. It's said that in such a place certain revelations may be discovered. That what the spirit reaches for may be eventually felt, if not exactly understood. Slowly, no doubt. I'm not talking about a vacation.

Of course at the same time I mean to stay exactly where I am.

Are you following me?

난 결심했어

난 산속에 집을 마련하기로 결심했어, 추위와 정적 속에서 평온하게 사는 법을 배울 수 있는 저 높은 곳에. 그런 장소에서는 계시를 발견할 수도 있다고 하지. 정신이 추구하는 걸, 정확히 이해하진 못한다고 하더라도, 결국 느끼게 될 수도 있는 곳. 물론 천천히. 난 휴가에 대한 이야기를 하고 있는 게 아냐.

물론 그와 동시에 지금 내가 있는 곳에 머물 작정이야.

내가 무슨 말을 하고 있는지 알겠어?

WAS IT NECESSARY TO DO IT?

I tell you that ant is very alive!

Look at how he fusses at being stepped on.

그럴 필요가 있었을까?

정말이지 개미는 활기가 넘친다니까!
발에 밟히면서 얼마나 법석을 떠는지 봐.

GREEN, GREEN IS MY SISTER'S HOUSE

Don't you dare climb that tree
or even try, they said, or you will be
sent away to the hospital of the
very foolish, if not the other one.
And I suppose, considering my age,
it was fair advice.

But the tree is a sister to me, she
lives alone in a green cottage
high in the air and I know what
would happen, she'd clap her green hands,
she'd shake her green hair, she'd
welcome me. Truly

I try to be good but sometimes
a person just has to break out and
act like the wild and springy thing

초록, 초록은 내 자매의 집

겁도 없이 그 나무에 올라가기만 했단 봐,
시도라도 하기만 해, 그럼 바보들 병원에
가게 될 거야, 다른 병원은 아니더라도.
그들이 내게 말했지.
내 나이를 고려하면,
그건 온당한 충고였어.

하지만 나무는 나의 자매고, 그녀는
높은 허공의 초록 오두막에서 홀로 살고
나는 무슨 일이 일어날지 알아,
그녀는 초록 손으로 박수 치며,
초록 머리칼을 흔들며, 나를
환영해줄 거야. 진실로

나는 착해지려고 애쓰지만
가끔 사람은 돌발적으로
예전의 거칠고 생기 넘치는 존재처럼

one used to be. It's impossible not

to remember *wild* and want it back. So

if someday you can't find me you might

look into that tree or—of course

it's possible—under it.

행동하게 되지. 야성을 잊고 그걸 되찾기를 원하지 않는 건
불가능하니까. 그러니

어느 날 내가 보이지 않으면 그 나무 위나
아래를—물론 그건 가능한 일이지—
살펴봐.

THE INSTANT

Today
one small snake lay, looped and
solitary
in the high grass, it

swirled to look, didn't
like what it saw
and was gone
in two pulses

forward and with no sound at all, only
two taps, in disarray, from
that other shy one,
my heart.

그 순간

오늘
작은 뱀 한 마리, 키 큰 풀숲에
홀로
고리 모양으로 누워 있다가,

똬리 틀며 쳐다보더니, 눈에
보인 게 마음에 들지 않아
가버렸지,
두 번의 박동 만에

앞으로, 아무 소리도 없이, 소리라곤
혼란스러운 두 번의 쿵쿵, 다른
수줍은 존재인
내 심장의 박동.

THE WAY OF THE WORLD

The chickens ate all the crickets.
The foxes ate all the chickens.

This morning a friend hauled his
boat to shore and gave me the most
wondrous fish. In its silver scales
it seemed dressed for a wedding.
The gills were pulsing, just above
where shoulders would be, if it had
had shoulders. The eyes were still
looking around, I don't know what
they were thinking.

The chickens ate all the crickets.
The foxes ate all the chickens.

I ate the fish.

세상의 이치

닭들이 귀뚜라미를 다 잡아먹었지.
여우들이 닭을 다 잡아먹었지.

오늘 아침에 친구가 해변에 배를
끌고 와서 경이롭기 그지없는 물고기를
내게 줬어. 은빛 비늘이
결혼식 복장처럼 보였지.
아가미가 고동치고 있었지, 어깨
바로 위에서, 만일 어깨가 있었다면. 눈은
아직 두리번거리고 있었는데, 무슨
생각을 하고 있었는지는
나도 모르겠어.

닭들이 귀뚜라미를 다 잡아먹었지.
여우들이 닭을 다 잡아먹었지.

난 물고기를 먹었지.

EXTENDING THE AIRPORT RUNWAY

The good citizens of the commission
cast their votes
for more of everything.
Very early in the morning

I go out
to the pale dunes, to look over
the empty spaces
of the wilderness.

For something is there,
something is there when nothing is there but itself,
that is not there when anything else is.

Alas,
the good citizens of the commission
have never seen it,

공항 활주로 확장

위원회의 선량한 시민들은
모든 것을 더하는 데
표를 던지지.
나는

이른 새벽에
희끄무레한 모래언덕들로 나가,
황야의 빈 공간들을
둘러보지.

왜냐하면 거기 무언가가 있으니까,
거기에 그것밖에 없을 때 무언가가 있어,
거기에 다른 것이 있을 때는 없는 것.

아아,
위원회의 선량한 시민들은
그걸 본 적이 없지,

whatever it is,

formless, yet palpable.

Very shining, very delicate.

Very rare.

그게 무엇이건,
형체 없는, 그러나 감지할 수 있는 것.
몹시도 빛나고, 몹시도 섬세한 것.

몹시도 진귀한 것.

TIDES

Every day the sea

        blue gray green lavender

pulls away leaving the harbor's

dark-cobbled undercoat

slick and rutted and worm-riddled, the gulls

walk there among old whalebones, the white

        spines of fish blink from the strandy stew

as the hours tick over; and then

far out the faint, sheer

        line turns, rustling over the slack,

the outer bars, over the green-furred flats, over

the clam beds, slippery logs,

barnacle-studded stones, dragging

the shining sheets forward, deepening,

조수

날마다
　　　파란색 회색 녹색 연보라색 바다
떠나가지
미끄럽고 골이 파이고 벌레 먹은 구멍 난

항구의 검은 자갈밭 남기고, 갈매기들
그곳에서 오래된 고래 뼈들 사이를 돌아다니고, 물고기
　　　흰 등뼈들이 잡탕 속에서 반짝이고, 시간은
똑딱거리며 흐르지, 그러다

저 멀리서 방향을 바꾼 희미한 선이
　　　돌아오지, 게류와 바깥쪽 모래톱들,
초록 털 덮인 갯벌,
조개밭, 미끄러운 통나무들,

따개비가 다닥다닥 붙은 돌들 위를 소란스레 지나,
빛나는 시트들을 앞으로 끌어당기고, 깊어지고,

pushing, wreathing together
wave and seaweed, their piled curvatures

spilling over themselves, lapping
blue gray green lavender, never
resting, not ever but fashioning shore,
continent, everything.

And here you may find me
on almost any morning
walking along the shore so
light-footed so casual.

밀고, 파도와 해초를
둥글게 엮고, 겹겹이 쌓인 만곡부들이

넘쳐흐르고,
파란색 회색 녹색 연보라색으로 철썩이며,
결코 쉴 줄을 모르지, 쉼 없이 해안을,
대륙을, 모든 걸 빚어내지.

그리고 여기서 당신은
거의 매일 아침
너무도 가벼운 발걸음으로 너무도 태평하게
바닷가를 걷는 나를 발견하겠지.

예쁜 걸 좋아하는 사람은
여기 오지 마.
대신 그림을 봐,
아니면 수선화를 기다리든지.

OUT OF THE STUMP ROT, SOMETHING

Out of the stump rot
something
glides forward
that is not a rope,

unless a rope has eyes,
lips,
tongue like a smack of smoke,
body without shoulders.

Thus: the black snake
floating
over the leaves
of the old year

and down to the pond,
to the green just beginning

썩은 그루터기에서, 무언가

썩은 그루터기에서
무언가
미끄러져 나와,
그건 밧줄이 아니지,

밧줄은 눈,
입술,
한 줄기 연기 같은 혀,
어깨 없는 몸을 갖고 있지 않으니까.

그래서, 검정뱀이
묵은해의
나뭇잎들 위로
스르르 기어가

연못으로 내려가지,
마치 연기처럼

to fuzzle out of the earth,

also, like smoke.

If you like a prettiness,

don't come here.

Look at pictures instead,

or wait for the daffodils.

This is spring,

by the rattled pond, in the shambled woods,

as spring has always been

and always will be

no matter what we do

in the suburbs.

The matted fur,

the red blood,

the bats unshuttering

their terrible faces,

and black snake

gliding across the field

땅에서 피어나기 시작한
초록으로 가지.

예쁜 걸 좋아하는 사람은
여기 오지 마.
대신 그림을 봐,
아니면 수선화를 기다리든지.

지금은 봄,
어수선한 숲속, 소란스러운 연못가
봄은 늘 그래왔고
앞으로도 늘 그럴 거야

우리가 교외에서
무얼 하든.
엉킨 털,
붉은 피,

박쥐들은 그 끔찍한
얼굴을 가리지 않고,
검정뱀은
들판을 미끄러지듯 기어가지

you think you own.

Long neck, long tail.

Tongue on fire.

Heart of stone.

당신이 자신의 소유라고 생각하는 들판을.

긴 목, 긴 꼬리.

불타오르는 혀.

돌 심장.

IN OUR WOODS, SOMETIMES A RARE MUSIC

Every spring
I hear the thrush singing
in the glowing woods
he is only passing through.
His voice is deep,
then he lifts it until it seems
to fall from the sky.
I am thrilled.
I am grateful.

Then, by the end of morning,
he's gone, nothing but silence
out of the tree
where he rested for a night.
And this I find acceptable.
Not enough is a poor life.
But too much is, well, too much.

우리의 숲에는,
가끔 진귀한 음악이

해마다 봄이면
빛나는 숲에서
개똥지빠귀 노래를 들어,
그는 그저 숲을 지나는 존재일 뿐이지.
그의 목소리는 낮고 굵직했다가
높아지고 또 높아져
노래가 하늘에서 떨어지는 것처럼 들려.
난 짜릿한 전율을 느끼지.
감사하는 마음이 되지.

그러다 아침의 끝자락이 되면,
그는 떠나고,
그가 밤을 보낸 나무엔
정적만이 감돌지.
그리고 난 그걸 만족스럽게 여겨.
충분하지 못한 건 가난한 삶이지.
하지만 지나친 건, 글쎄, 지나치지.

Imagine Verdi or Mahler

every day, all day.

It would exhaust anyone.

베르디나 말러를

날마다, 온종일 듣는다고 생각해봐.

누구라도 진력이 날 테니까.

THE MORNING PAPER

Read one newspaper daily (the morning edition

        is the best

for by evening you know that you at least

        have lived through another day)

and let the disasters, the unbelievable

        yet approved decisions,

soak in.

I don't need to name the countries,

        ours among them.

What keeps us from falling down, our faces

        to the ground; ashamed, ashamed?

조간신문

날마다 신문을 하나씩 읽고(조간이
　　　제일 좋지
저녁이 되면 자신이 적어도
　　　하루를 더 견뎠다는 걸 알게 되니까)
재난들, 믿기지 않지만
　　　승인된 결정들이
마음에 스며들게 해.

나라들 이름을 댈 필요도 없지,
　　　그중에 미국도 있으니까.

우리가 수치스럽고, 수치스러워
　　　땅에 얼굴을 박고 쓰러지지 않게 해주는 건 무엇일까?

THE POET COMPARES HUMAN NATURE TO THE OCEAN FROM WHICH WE CAME

The sea can do craziness, it can do smooth,
it can lie down like silk breathing
or toss havoc shoreward; it can give

gifts or withhold all; it can rise, ebb, froth
like an incoming frenzy of fountains, or it can
sweet-talk entirely. As I can too,

and so, no doubt, can you, and you.

시인은 인간의 본성을
우리의 근원인 바다에 비유하지

바다는 미쳐 날뛸 수도 있고, 잔잔할 수도 있지,
숨 쉬는 비단처럼 누워 있을 수도 있고
해안에 재앙을 가져다줄 수도 있지, 선물을

줄 수도, 아무것도 주지 않을 수도 있지, 차오르고, 빠지고,
맹렬히 솟구치는 분수처럼 거품을 물 수도 있고,
한결같이 달콤하게 속삭일 수도 있지. 나도 그렇듯이,

그리고 분명, 당신 그리고 당신도 그렇듯이.

ON TRAVELING TO BEAUTIFUL PLACES

Every day I'm still looking for God
and I'm still finding him everywhere,
in the dust, in the flowerbeds.
Certainly in the oceans,
in the islands that lay in the distance
continents of ice, countries of sand
each with its own set of creatures
and God, by whatever name.
How perfect to be aboard a ship with
maybe a hundred years still in my pocket.
But it's late, for all of us,
and in truth the only ship there is
is the ship we are all on
burning the world as we go.

아름다운 장소들로의 여행에 대하여

나는 아직도 날마다 신을 찾아다니고
아직도 도처에서 신을 발견하지,
먼지 속에서, 꽃밭에서.
물론 바다에서,
저 멀리 누워 있는 섬에서
얼음의 대륙들, 모래의 나라들
모두가 저마다의 창조물들과
신을 갖고 있지, 어떤 이름으로든.
주머니에 아직 백 년쯤 넣고서
배를 타는 건 얼마나 완벽한 일일까.
하지만 이미 늦었지, 우리 모두,
그리고 사실 존재하는 배라고는
우리 모두가 타고서
세상을 불태우며 지나가는 배뿐이지.

THE MAN WHO HAS MANY ANSWERS

The man who has many answers
is often found
in the theaters of information
where he offers, graciously,
his deep findings.

While the man who has only questions,
to comfort himself, makes music.

많은 해답들을 가진 사람

많은 해답들을 가진 사람은
정보의 장에서
종종 발견되고
그곳에서 자비롭게도
자신의 심오한 발견들을 나누지.

한편 질문들만 갖고 있는 사람은,
스스로를 달래기 위해, 음악을 만들지.

LIFE STORY

When I lived under the black oaks
I felt I was made of leaves.
When I lived by Little Sister Pond,
I dreamed I was the feather of the blue heron
left on the shore;
I was the pond lily, my root delicate as an artery,
my face like a star,
my happiness brimming.
Later I was the footsteps that follow the sea.
I knew the tides, I knew the ingredients of the wrack.
I knew the eider, the red-throated loon
with his uplifted beak and his smart eye.
I felt I was the tip of the wave,
the pearl of water on the eider's glossy back.
No, there's no escaping, nor would I want to escape
this outgo, this foot-loosening, this solution
to gravity and a single shape.

인생 이야기

나는 큰떡갈나무 아래 살았을 때
나뭇잎으로 만들어진 느낌이었지.
나는 리틀시스터 연못가에 살았을 때,
기슭에 남겨진
왜가리 깃털이 된 꿈을 꾸었지.
나는 수련이었고, 내 뿌리는 동맥처럼 섬세했어,
얼굴은 별 같았고,
행복이 넘쳐흘렀지.
나중에 나는 바다를 따라가는 발자국이었어.
나는 조수를 알았고,
물가에 밀려 올라온 해초에 대해 알았지.
나는 솜털오리를 알았고,
위로 들린 부리와
영리한 눈을 가진 아비새를 알았지.
나는 파도의 꼭지, 솜털오리의
윤기 흐르는 등에 맺힌 진주알 물방울이 된 기분이었어.
아니, 피할 순 없어, 피하고 싶지도 않아

Now I am here, later I will be there.

I will be that small cloud, staring down at the water,

the one that stalls, that lifts its white legs, that

looks like a lamb.

이 외출, 이 매이지 않음,

중력과 단일한 형상을 벗어날 해결책.

지금 나는 여기 있고, 나중에는 저기 있을 거야.

나는 저 작은 구름이 되어, 물을 내려다볼 거야,

멈추어 있는 구름, 흰 다리를 든 구름,

아기 양처럼 보이는 구름.

"FOR I WILL CONSIDER MY DOG PERCY"

For I will consider my dog Percy.

For he was made small but brave of heart.

For if he met another dog he would kiss her in kindness.

For when he slept he snored only a little.

For he could be silly and noble in the same moment.

For when he spoke he remembered the trumpet and when
he scratched he struck the floor like a drum.

For he ate only the finest food and drank only the
purest of water, yet would nibble of dead fish also.

For he came to me impaired and therefore certain of

“나는 나의 개 퍼시를 생각하게 될 테니까”

나는 나의 개 퍼시를 생각하게 될 테니까.

그는 작지만 용감했으니까.

그는 다른 개를 만나면 그녀에게 다정하게 뽀뽀했으니까.

그는 잘 때 코를 조금밖에 안 골았으니까.

그는 어리석은 동시에 고귀할 수 있었으니까.

그는 말할 때 트럼펫을 연상시켰고
바닥을 북 치듯 긁었으니까.

그는 제일 좋은 음식만 먹고 제일 깨끗한 물만
마셨지만, 죽은 물고기를 조금씩 뜯어먹기도 했으니까.

그는 상한 몸으로 내게 와서 오래 살지 못할 게

short life, yet thoroughly rejoiced in each day.

For he took his medicines without argument.

For he played easily with the neighborhood's Bull
Mastiff.

For when he came upon mud he splashed through it.

*For he was an instrument for the children to learn
benevolence upon.*

For he listened to poems as well as love-talk.

For when he sniffed it was as if he were being
pleased by every part of the world.

For when he sickened he rallied as many times as
he could.

For he was a mixture of gravity and waggery.

분명했지만, 하루하루를 제대로 누렸으니까.

그는 군소리 없이 약을 먹었으니까.

그는 이웃에 사는 불마스티프와
잘 놀았으니까.

그는 진창을 만나면 첨벙거리며 밟고 지나갔으니까.

그는 아이들에게 자비심을 가르치는 도구가
되어줬으니까.

그는 사랑의 말뿐 아니라 시도 귀 기울여 들었으니까.

그는 킁킁거리며 냄새를 맡을 때 세상 모든 것들에
기쁨을 느끼는 것 같았으니까.

그는 병이 날 때마다 이겨내고 또 이겨냈으니까,
이겨낼 수 있을 때까지 이겨내다가 떠났으니까.

그는 엄숙함과 익살스러움의 혼합체니까.

For we humans can seek self-destruction in ways
he never dreamed of.

For he took actions both cunning and reckless, yet
refused always to offer himself to be admonished.

For his sadness though without words was
understandable.

*For there was nothing sweeter than his peace
when at rest.*

*For there was nothing brisker than his life when
in motion.*

For he was of the tribe of Wolf.

For when I went away he would watch for me at
the window.

For he loved me.

우리 인간들은 그가 꿈도 꾸지 못한 방식들로
자기 파괴를 꾀할 수 있으니까.

그는 교활하면서도 무모한 행동들을 했지만,
결코 자진해서 훈육을 받으려 하진 않았으니까.

그의 슬픔은 말하지 않아도 이해할 수
있는 것이었으니까.

그가 쉬고 있을 때 그의 평온함보다 달콤한 건
없었으니까.

그가 움직일 때 그의 삶보다 활기찬 건
없었으니까.

그는 늑대과였으니까.

내가 집에 없을 때면 창가에서 나를
기다려줬으니까.

그는 나를 사랑했으니까.

For he suffered before I found him, and never
forgot it.

For he loved Anne.

For when he lay down to enter sleep he did not argue
about whether or not God made him.

For he could fling himself upside down and laugh
a true laugh.

For he loved his friend Ricky.

For he would dig holes in the sand and then let
Ricky lie in them.

For often I see his shape in the clouds and this is
a continual blessing.

그는 내가 발견하기 전에 고통을 겪었고, 결코
그걸 잊지 않았으니까.

그는 앤을 사랑했으니까.

그는 잠을 자려고 누워서 신이 자신을 만들었는지
아닌지에 대해 논하지 않았으니까.

그는 뒤집어져서 진짜 웃음을 웃을 수
있었으니까.

그는 친구 리키를 사랑했으니까.

그는 모래밭에 구덩이를 파고 리키가 거기 들어가서
눕게 했으니까.

나는 구름 속에서 그의 형상을 자주 보고 그건 나에게
끊임없는 축복이니까.

VARANASI

Early in the morning we crossed the ghat,
where fires were still smoldering,
and gazed, with our Western minds, into the Ganges.
A woman was standing in the river up to her waist;
she was lifting handfuls of water and spilling it
over her body, slowly and many times,
as if until there came some moment
of inner satisfaction between her own life and the river's.
Then she dipped a vessel she had brought with her
and carried it filled with water back across the ghat,
no doubt to refresh some shrine near where she lives,
for this is the holy city of Shiva, maker
of the world, and this is his river.
I can't say much more, except that it all happened
in silence and peaceful simplicity, and something that felt
like the bliss of a certainty and a life lived
in accordance with that certainty.

바라나시

아침 일찍 우리는 아직 불이 연기를 내며 타고 있는,
강가 화장터를 지나,
서양의 정신으로 갠지스강을 바라보았지.
한 여인이 강물에 허리까지 잠긴 채로 서서
두 손 가득 물을 떠 자신의 몸에
끼얹고 있었어, 천천히 여러 번,
마치 자신의 삶과 강의 삶 사이에서
내적 만족의 순간에 이르려는 것처럼.
그러더니 가져온 통을 강물에 담가
물을 채운 통을 들고 화장터를 건너 돌아갔지,
분명 그녀가 사는 곳 근처의 어느 성지에
생명력을 불어넣으려는 것이겠지,
왜냐하면 이곳은 세상을 만든 시바 신의
신성한 도시이고, 이곳은 그의 강이니까.
그 모든 게 정적과 평화로운 단순함, 그리고
확실성과 그 확실성에 따라 산 삶의 축복처럼 느껴지는
무언가 속에서 일어났다는 말밖에는

I must remember this, I thought, as we fly back
to America.
Pray God I remember this.

더 이상 할 말이 없어.

나는 미국으로 돌아가는 비행기에서 생각했지,

난 그걸 기억해야만 해.

신이시여, 그걸 기억하게 해주소서.

* 「"나는 나의 개 퍼시를 생각하게 될 테니까"」는 크리스토퍼 스마트의 시 「나는 나의 고양이 제프리를 생각하게 될 테니까For I Will Consider My Cat Jeoffry」에서 파생됐다. 스타일을 제외하면 결코 모작은 아니다. '제프리'가 전적으로 우월하다. 나는 며칠간 그 경이로운 시의 어깨 위에 서서 퍼시에 대해 생각했다. 고딕체로 된 행들은 크리스토퍼의 시에서 그대로 가져왔음을 드러내는 표시이다. 단 이름을 바꾸고 동사의 시제를 현재에서 과거로 고쳤다.

감사의 말

아래 시 중 일부는 간혹 다른 형태로 간행물에 게재된 적이 있다. 모든 편집자에게 감사를 전하고 싶다.

〈애팔래치아〉 — 「어리석다고? 아니, 그렇지 않아」 「그 순간」

〈바크〉 — 「맨 처음 퍼시가 돌아왔을 때」

〈파이브 포인츠〉 — 「붕, 붕」 「하나의 세계에 대한 시」

〈뉴욕 타임스〉 — 「어둠이 짙어져가는 날들에 쓴 시」

〈오리온〉 — 「인생 이야기」

〈파라볼라〉 — 「나는 바닷가로 내려가」 「황금사원 계단에서 굴러떨어진 후에」

〈포틀랜드〉 — 「오늘」

〈셰넌도어〉 — 「썩은 그루터기에서, 무언가」

〈윌더니스〉 — 「공항 활주로 확장」

고마워요, 고마워요

지금까지 우리말로 나온 메리 올리버의 책들, 『완벽한 날들』 『휘파람 부는 사람』 『긴 호흡』은 모두 산문집이고, 이 산문집들에는 시도 들어 있지만 산문이 주를 이룬다. 그러니까 시인의 노래보다는 이야기가 먼저 전달된 셈인데, 이야기는 노래의 친절한 해설자 역할을 할 수 있다는 점에서 이 순서가 나쁘지는 않은 듯하다. 이야기를 먼저 듣는 게 노래의 감상에 필수적인 선행조건이라고 할 수는 없겠지만, 어쩐지 이야기의 인도를 받으면 시에 닿는 발걸음이 더 가벼울 것 같다. 메리 올리버도 『완벽한 날들』 서문에서 이렇게 말하지 않았던가. "나에게 시는 세상에 바치는 찬사다. 이 책에서 여러분은 산문들 사이에서 시 몇 편을 발견하게 될 것이다. 그 시들은 작은 '할렐루야'라고 생각하면 된다. 그 시들은 산문과 달리 무엇을 설명하려고 애쓰지 않는다. 그저 책갈피에 앉아 숨만 쉰다. 그 시들은 몇 송이 백합 혹은 굴뚝새 혹은 신비한 그림자들 사이의 송어, 차가운 물, 거무스름한 떡갈나무다."

메리 올리버가 산문이라는 차분한 목소리를 통해 이야기한 메리 올리버는 어린 시절부터 자연과 문학에서 삶의 기쁨과 위안을 얻었다. 숲을 거닐고 시와 벗하는 것이 일상의 축복이었다. 그녀는 오하이오에서 태어나고 자랐지만 거의 평생이라고 할 수 있는 50여 년을 예술가들의 낙원 프로빈스타운에서 살았다. 그곳에서 날마다 어둠이 채 가시지 않은 이른 아침에 숲과 들판, 바닷가를 거닐며 자연과 교감하고 시를 지었다. 그녀는 인간만이 아니라 풀, 나무, 새, 물고기 같은 모든 생명체, 더 나아가 바위, 연못, 의자, 빗방울 같은 것들에도 영혼이 깃들어 있다고 믿었으며 그것들을 자매로 여겼다. 그녀는 자연이 없었다면 시인이 되지 못했을 것이다. 그녀에겐 숲으로 들어가는 문이 신전으로 들어가는 문이었으며 숲을 걷다 보면 점점 더 환희에 빠져들었다. 그 환희를 글로 찬양하는 것이 시였다.

우리말로 처음 선을 보이게 된 메리 올리버의 시집 『천 개의 아침』에는 자연의 품에서 어린아이처럼 순수한 희열에 젖은 그녀의 모습들이 담겨 있다. 「어리석다고? 아니, 그렇지 않아」에서는 나무의 무수한 잎들을 세다가 "경이감에 반쯤은 미쳐 (…) 세상-찬양 충만한 큰 웃음 터뜨리"고, 「초록, 초록은 내 자매의 집」에서는 "초록 손으로 박수 치며, 초록 머리칼을 흔들며, 나를 환영해줄" 나무에 무모하게 기어오르고, 「우리의 숲에는, 가끔 진귀한 음악이」에서는 개똥지빠귀 노래를 들으며 "짜릿한 전율"을 느낀다. 자연에서 따스한 위안과 삶의 지혜를 얻는 그녀의 모습은 거의 모든 시들에서 볼 수 있다. 무심하게 제 할 일을 하는 바다, 삶의 의미를 찾는답시고 야단법석 떨지 말고 그저 삶을 살라고 점잖게 충고하는 여우, 허리케인에 만신창이가 되고도 철이 아닌 때에 새잎을 틔운 나무, 어김없이 밤의 무릎을 꿇리는 아침과 기다림을 저버린 적이 없는 홍관조. 그리하여 「정원사」에서 그녀가 던진 질문들, '나는 충분히 살았을까? 충분히 사랑했을까? 충분히 감사하며 행복을 누렸을까? 충분히 우아하게 고독을 견뎠을까?'에 우리는 힘주어 고개를 끄덕거리게 된다. 그녀가 노래하는 희열과 사랑, 감사에 매혹되어 "당신, 그리고 당신도"라고 손짓하는 그녀의 초대에 가슴 벅찬 희망을 품게 된다.

가을이 깊어져가면서 나의 산책도 황홀해졌다. 울긋불긋 화려하게 물든 잎들이 파란 하늘을 배경으로 선명하게 반짝

거리고, 검고 거친 나무줄기들에는 진녹색, 연녹색, 카키색 이끼가 갖가지 예술적인 형태로 덮여 있다. 나무를 타고 올라간 붉은 담쟁이덩굴은 어찌나 신비로운지 주머니의 휴대전화를 꺼내 카메라 버튼을 누르게 한다. 고운 빛깔 낙엽이 푹신하게 깔린 길을 걷노라면 수수하고 편한 옷차림에 운동화를 신고 있는데도 레드카펫을 밟듯 호사를 누리는 기분이 든다. 낙엽들 사이로 간간이 눈에 띄는 작고 가녀린 줄기 위의 별 모양 보랏빛 꽃, 흰 토끼풀 꽃, 붉은토끼풀 꽃, 샛노란 민들레, 제비꽃은 나도 모르게 아, 예쁘다, 감탄하게 만든다. 썩은 나무토막에 조가비처럼 다닥다닥 붙은 갈색 버섯들도 신기하다. 까치 몇 마리가 가까이 날아와 오늘 무슨 행운이라도 찾아오려나 가슴 설레며 지켜보니 깍깍깍깍 울어대는 부리의 동작과 까만 눈빛을 지척에서 관찰할 수 있다는 게 새삼 경이롭다. 가을과 함께 투명하리만치 맑아진 개천에서는 목이 가느다란 오리가 자맥질을 하고 살진 검은 잉어들이 떼 지어 유유히 헤엄친다.

이처럼 내가 무수한 아침들에 나무와 풀, 들꽃, 물에서 생명의 경이와 아름다움을 발견하고 깊은 희열을 느낄 수 있게 된 건 메리 올리버 덕분이다. 그녀가 「그리고 밥 딜런도」에서 “카페 냅킨에 악보를 휘갈기는 작곡가 슈베르트”를 생각하며 “고마워요, 고마워요.”라고 말했듯 나도 그녀에게 감사의 마음을 전하고 싶다. 고마워요, 고마워요.

2020년 11월의 끝자락에서

민승남

작가 연보

1935년 9월	미국 오하이오 메이플하이츠 출생
1955년	오하이오주립대학교 입학
1957년	뉴욕 바서대학교 입학
1962년	런던 모바일극장 입사(어린이들을 위한 유니콘극장에서 연극 집필)
1963년	첫 시집 『No Voyage and Other Poems』(Dent Press) 출간
1970년	셸리 기념상 수상
1972년	시집 『The River Styx, Ohio, and Other Poems』(Harcourt Brace) 출간
	미국국립예술기금위원회 펠로십 선정
1973년	앨리스 페이 디 카스타놀라상 수상
1978년	시집 『The Night Traveler』(Bits Press) 출간
1979년	시집 『Twelve Moons』(Little, Brown) 출간
1980년	구겐하임재단 펠로십 선정
1980년, 1982년	클리블랜드 케이스웨스턴리저브대학교 매더 하우스 방문 교수

1983년	시집 『American Primitive』(Little, Brown) 출간
	미국문예아카데미 예술·문학상 수상
1984년	시집 『American Primitive』로 퓰리처상 수상
1986년	시집 『Dream Work』(Atlantic Monthly Press) 출간
	루이스버그 버크넬대학교 상주 시인
1990년	시집 『House of Light』(Beacon Press) 출간
1991년	시집 『House of Light』로 크리스토퍼상과 L. L. 윈십/펜 뉴잉글랜드상 수상
1991~1995년	스위트브라이어대학교 마거릿 배니스터 상주 작가
1992년	시선집 『기러기New and Selected Poems I』(Beacon Press) 출간
	시선집 『기러기』(Beacon Press)로 전미도서상 수상
1994년	시집 『White Pine』(Harcourt Brace) 출간
	산문집 『A Poetry Handbook』(Harcourt Brace) 출간
1995년	산문집 『긴 호흡Blue Pastures』(Harcourt Brace) 출간
1996~2001년	베닝턴대학교 캐서린 오스굿 포스터 기념 교수
1997년	시집 『West Wind』(Houghton Mifflin) 출간
1998년	산문집 『Rules for the Dance』(Houghton Mifflin)

출간

래넌 문학상 수상

1999년 산문집 『휘파람 부는 사람Winter Hours』(Houghton Mifflin) 출간

뉴잉글랜드 서적상인협회상 수상

2000년 시집 『The Leaf and the Cloud』(Da Capo) 출간

2002년 시집 『What Do We Know』(Da Capo) 출간

2003년 시집 『Owls and Other Fantasies』(Beacon Press) 출간

2004년 산문집 『완벽한 날들Long Life』(Da Capo) 출간

시집 『Why I Wake Early』(Beacon Press) 출간

산문집 『Blue Iris』(Beacon Press) 출간

시선집 『Wild Geese』(Bloodaxe) 출간

2005년 오랜 동반자였던 몰리 멀론 쿡 타계

시선집 『New and Selected Poems II』(Beacon Press) 출간

2006년 시집 『Thirst』(Beacon Press) 출간

2007년 산문집 『Our World』(Beacon Press) 출간

2008년 산문집 『The Truro Bear and Other Adventures』(Beacon Press) 출간

시집 『Red Bird』(Beacon Press) 출간

2009년 시집 『Evidence』(Beacon Press) 출간

2010년	시집 『Swan』(Beacon Press) 출간
2012년	시집 『천 개의 아침A Thousand Mornings』(Penguin Press) 출간 굿리즈 선정 베스트 시 부문 수상
2013년	시집 『개를 위한 노래Dog Songs』(Penguin Press) 출간
2014년	시집 『Blue Horses』(Penguin Press) 출간
2015년	시집 『Felicity』(Penguin Press) 출간
2016년	산문집 『Upstream』(Penguin Press) 출간
2017년	시선집 『Devotions』(Penguin Press) 출간
2019년 1월	플로리다 자택에서 림프종으로 타계

메리 올리버를 향한 찬사

메리 올리버, 우리에게, 너무도 많은 사람에게 삶의 신조로 삼을 말들을 남겨준 당신에게 감사합니다.

"말해보라, 당신의 한 번뿐인 야성적이고 소중한 삶을 어떻게 살 작정인가?"

힐러리 클린턴

"삶이 끝날 때, 나는 말하고 싶다. 평생 나는 경이와 결혼한 신부였노라고." 메리 올리버, 당신의 말들에서 나는 위안과 앎을 얻고 마음을 열 수 있었습니다. 당신의 삶은 이 세상에 하나의 축복이었습니다.

오프라 윈프리

메리 올리버, 감사합니다. 당신은 시를 통해 제 할머니에게 빛과 기쁨을 선사했고 할머니께선 당신의 작품이라는 선물을 저와 함께 나누셨습니다. 우리는 할머니의 추도식에서 「가장 큰 선물은 무엇인가?What is the greatest gift?」를 낭송했습니다. 당신의 사랑하는 존재들을 제 마음과 기도에 품겠

습니다.

첼시 클린턴

우리들, 꿈꾸고 창조하는 정신을 가진 모든 이들을 위해 메리 올리버는 시로써 충만하고 의미 있는 삶의 진실을 너무도 아름답게 그려냈다.

제시카 알바

"당신의 몸이라는 연약한 동물이 사랑하는 것을 사랑하게 하라." 감사합니다, 메리 올리버.

록산 게이

내가 가장 사랑하는 시인 중 하나인 메리 올리버의 죽음에 잔을 들고 눈물을 흘린다. 그녀의 말들은 자연과 정신계를 이어주는 다리였다. 메리에게 신의 은총을!

마돈나

우리가 말로 표현하기 가장 어려운 부분들을 시에 담아주고 우리의 영혼이 우리가 될 수 있는 것에 대한 희망을 안고 노래하도록 만들어준 메리 올리버, 고이 잠드시기를.

귀네스 팰트로

만일 당신이 내셔널북어워드와 퓰리처상 수상 시인 메리 올리버의 많고 많은 팬 중 하나라면 『천 개의 아침』을 무척이나 환영하게 될 것이다.

〈셀프 어웨어니스〉

메리 올리버는 능숙한 솜씨로 "미국 최고의 시인 중 한 사람"이라는 명성을 공고히 할, 숨이 멎을 만큼 경이로운 작품을 빚어냈다.

〈뉴욕 타임스 북 리뷰〉

그녀의 간결한 시들은 구어적이고 장난스럽지만, 그 곧은 뿌리는 종교, 철학, 문학의 대수층까지 깊이 뻗어 있다. 올리버는 재미있다. 그녀는 문화적 따분함, 탐욕, 폭력, 환경 파괴에 저항하는 이단아이며, 자연을 정독하는 모습은 매혹적이다.

〈북 리스트〉

그녀의 시들은 단순하고 솔직하며 수정같이 맑고 투명하다. 자연을 향한 깊은 사랑이 투영되어 있고 정신계와 물질계를 절묘하게 이어준다. 그녀는 삶 자체에 대한 자연스러운, 심지어 순진무구하다고까지 할 수 있는 열정을 품고 시를 쓴다.

〈가디언〉

헌신의 능력과 결합된 엄격한 정신, 정확하고 경제적이며 빛나는 문구를 찾으려는 갈망, 목격하고 나누고자 하는 소망.

〈시카고 트리뷴〉

올리버의 작품이 보여주는 놀라운 점 가운데 하나는 그가 그 긴 세월 동안 한결같은 목소리를 내고 있다는 것이다. 갈수록 더 자연에 초점을 맞추고 언어의 정교함이 깊어진 결과, 올리버는 이 시대 최고의 시인으로 우뚝 섰다. 올리버의 시에선 불평이나 우는 소리를 찾아볼 수 없다. 그렇다고 삶이 쉬운 것인 양 말하지도 않는다. 올리버의 시들은 기분 전환이 되어주기보다는 우리를 지탱해준다.

〈뉴욕 타임스 북 리뷰〉

1984년에 퓰리처상 시 부문을 수상한 메리 올리버는 자연 세계에 대한 기쁨이 가득하고, 이해하기 쉽고, 친밀한 관찰로 나의 선택을 받았다. 그녀의 시 「기러기」는 너무도 유명해져서 이제 전국의 기숙사 방들을 장식하고 있다. 메리 올리버는 우리에게 '주목한다'는 심오한 행위를, 세상 모든 것들의 가치를 알아보게끔 살아 있는 경이를 가르쳐준다.

〈보스턴 글로브〉

올리버의 시에는 완전한 설득력이 있다. 봄을 알리는 첫 산들바람의 어루만짐처럼 진실하고 감동적이며 신기하다.

〈뉴욕 타임스 북 리뷰〉

초월주의자로 명성을 떨쳤던 헨리 데이비드 소로처럼 메리 올리버도 헌신과 실험 둘 다에 접한, 이른바 '자연이라는 교과서'에 주목한 자연주의자다. 그녀의 시들은 집처럼 편안한 언어로 유한한 삶의 신비에 대해 이야기한다. 유념하는 것은 올리버의 전문 분야, 보고 듣는 건 그녀의 과학적 방법이자 명상 수련인 듯하다.

〈서치〉

올리버의 삶 속의 가볍고 경쾌한 희열이, 문장들과 산문시들 사이에서 안개처럼 소용돌이친다.

〈로스앤젤레스 타임스〉

메리 올리버의 시는 지각과 느낌의 비옥한 땅에서 자라

는 자연물로, 본능적인 언어의 기교 덕분에 우리에게 쉽게 다가온다. 그녀의 시를 읽는 건 감각적 기쁨이다.

메이 스웬슨

메리 올리버의 시는 훌륭하고 심오하다. 축복처럼 읽힌다. 자연계에 존재하는 우리의 근원과 그 아름다움, 공포, 신비, 위안과 우리를 연결해주는 것이 올리버의 특별한 재능이다.

스탠리 쿠니츠

나는 올리버가 타협을 모르는 맹렬한 서정시인이라고, 늪지의 충신이라고 생각한다. 여기 우리가 간절히 원하는 목소리가 있다.

맥신 쿠민

올리버는 절묘하리만큼 명료한 산문을 써낸다. 자신을 가장 아낌없이 드러낸 이 산문들에서 그녀는 자기 시들의 원천인 믿음과 관찰, 영감에 대해 이야기한다. 본질적이고 눈부시다.

〈북 리스트〉

메리 올리버는 워즈워스 그룹의 '자연' 시인이며 그 시의 목소리에선 흥분이 귀에 들릴 듯 생생하지만, 그녀의 자연-신비주의는 오히려 고요의 경지에 도달한 듯하다. 그것은 그녀의 이미지들 대부분에 영향을 미치는데, 하나의 특성이라기보단 존재 자체로 의미를 갖는다.

〈베이 에어리어 리포터〉

메리 올리버는 가장 훌륭한 영미 시인들 가운데 하나다. 애벌레의 변태에 대해 묘사하든 새소리와의 신비한 교감에 대해 이야기하든 그녀는 거의 항상 놀랍도록 인상적이고 공명을 불러일으키는 이미지들을 만들어낸다. 올리버는 뛰어난 감성으로 관찰하고 그 누구도 따를 수 없는 경이로운 솜씨로 그 인상들을 표현한다. (…) 그녀의 시는 엄격하고, 아름답고, 잘 쓰였으며, 자연계에 대한 진정한 통찰을 제공한다.

〈위클리 스탠더드〉

올리버의 시에 드러난 특별한 능력은 그녀가 세상에서 발견한 아름다움을 전하고 이를 영원히 잊지 못할 것으로 만든다는 것이다.

〈마이애미 헤럴드〉

올해 '톱top 5'는 여섯 단어로 축약될 수 있을 것이다. 메리 올리버, 메리 올리버, 메리 올리버. 올리버의 놀라운 위업은 그녀의 식을 줄 모르는 인기와 독자들의 마음 깊은 곳, 거의 근원에까지 닿는 독보적 능력을 보여준다.

〈크리스천 사이언스 모니터〉

메리 올리버는 지혜와 관용의 시인이며 우리가 만들지 않은 세계를 가까이 들여다볼 수 있게 해준다. 우리를 겸허하게 하는 그 관점은 오래도록 남을 그녀의 선물이다.

〈하버드 리뷰〉

메리 올리버의 시들은 세상의 혼돈을 증류해 인간적인 것과 삶에 가치 있는 것을 추출해낸다. 그녀는 낭만주의자들과 휘트먼의 메아리가 되어, 홀로 자연 속에서 보고 듣는 것의 가치를 주장한다.

〈라이브러리 저널〉

메리 올리버는 본능과 신념, 투지에 의해 움직인다. 그녀는 이 시대 가장 좋은 시인 가운데 한 사람으로, 여전히 성장하고 있다.

〈더 네이션〉